FX

D0720434

JEUNESSE

Drôle de nuit
pour Miti

Drôle de nuit pour Miti

BERNADETTE RENAUD

QUÉBEC AMÉRIQUE jeunesse

Données de catalogage avant publication (Canada)

Renaud, Bernadette
Drôle de nuit pour Miti
(Bilbo jeunesse ; 127)
ISBN 2-7644-0324-0
I. Titre. II. Collection.
PS8585.E63D76 2004   jC843'.54   C2003-941970-3
PS9585.E63D76 2004

Nous reconnaissons l'aide financière du gouvernement du Canada par l'entremise du Programme d'aide au développement de l'industrie de l'édition (PADIÉ) pour nos activités d'édition.

Gouvernement du Québec – Programme de crédit d'impôt pour l'édition de livres – Gestion SODEC.

Les Éditions Québec Amérique bénéficient du programme de subvention globale du Conseil des Arts du Canada. Elles tiennent également à remercier la SODEC pour son appui financier.

Le manuscrit original, sous le titre *La révolte de la courtepointe*, s'est mérité la *Mention d'excellence de l'ACELF*, en 1978.

Québec Amérique
329, rue de la Commune Ouest, 3e étage
Montréal (Québec) H2Y 2E1
Téléphone : (514) 499-3000, télécopieur : (514) 499-3010

Dépôt légal : 1er trimestre 2004
Bibliothèque nationale du Québec
Bibliothèque nationale du Canada

Révision linguistique : Monique Thouin
Mise en pages : André Vallée

© 2004 Éditions Québec Amérique inc.
www.quebec-amerique.com

À belle-maman Rosanne
et à toutes les femmes, mères et grands-mères
qui ont créé de magnifiques courtepointes
avec tant d'habileté, de patience et d'amour.

1

Miti est si déçue que le bout de ses deux tresses rousses a failli retrousser. « C'est un cadeau, ça ? » se dit-elle, affreusement déçue. C'est pourtant bel et bien ce qui est écrit sur la carte d'anniversaire. « À notre chère petite-fille Domitille, de grand-maman et grand-papa. » Pfft !

En apercevant le format de la boîte, elle avait tout de suite pensé à un ordinateur. « Comme ceux de l'école ? Pour moi toute seule ? Que je pourrais utiliser quand je voudrais au lieu de me contenter d'une heure par semaine avec ma classe ? » Pour se convaincre de sa chance, elle avait voulu soulever le fameux paquet. Zut ! le cadeau était léger, bien trop léger pour que ce soit un ordinateur.

« Mais alors, qu'est-ce que ça peut bien être ? » s'était-elle demandé, tout de même certaine que ce serait super comme chacun des cadeaux de ses grands-parents. Impatiente mais prudente, elle n'avait pas osé secouer la boîte : ce cadeau était peut-être fragile, qui sait ? Avec des rires d'excitation, elle avait arraché les rubans et déchiré le beau papier de couleur avant d'ouvrir enfin la boîte mystérieuse.

Sous le papier de soie, ses mains avaient palpé quelque chose de doux et de moelleux. « Du tissu ? avait-elle constaté, intriguée. Des vêtements ? » Elle avait alors sorti une longue et large pièce d'étoffe doublée qu'une bourre épaisse au centre rendait moelleuse.

— Attends, avait proposé grand-papa avec son sourire taquin. Je vais t'aider.

Sous les regards curieux de la famille, ils avaient déplié ensemble la longue étoffe. En fait, cela ressemblait à une couverture rembourrée. Le dessus était confectionné avec de nombreux morceaux aux formes disparates et de toutes les couleurs ; le dessous était d'un beige uni.

— Oh ! c'est magnifique ! s'était exclamée maman.

— Quel merveilleux cadeau ! s'était écrié papa.

Miti, les larmes aux yeux, n'en revenait pas. Même si les tissus étaient propres et bien repassés, on voyait qu'ils n'étaient pas neufs.

Bref, c'était une couverture usagée. Un cadeau usagé et tout rapiécé !

En entendant les réflexions d'admiration de ses parents, la fillette n'avait pas voulu montrer sa déception. Comment ses grands-parents, qu'elle aimait tant, avaient-ils pu lui faire un cadeau aussi.... aussi... Désemparée, elle avait relevé la couverture devant son visage aux joues piquetées de taches de rousseur, feignant de l'observer attentivement. En fait, elle camouflait de son mieux la déception qui emplissait ses yeux bleus.

Elle ne comprenait rien. Ses grands-parents étaient comme un grand frère et une grande sœur pour elle. Ils devinaient toujours ce qu'elle voulait et leurs cadeaux étaient fantastiques. C'était même sa grand-mère qui avait proposé son nom, Domitille, qui était le nom de l'aïeule tant aimée de sa grand-mère.

— Aucune de mes amies ne s'appelle comme ça! lui avait déjà reproché Miti.

— Je le sais! avait répondu sa grand-mère. Et c'est exactement pour cela que j'ai suggéré ce prénom à tes parents. Il fallait qu'il soit beau et unique comme toi. Après tout, il n'y a pas d'autres filles aussi fines que toi, aussi gentilles, aussi…

Devant tous ces compliments, comment ne pas aimer son prénom? D'autant plus que, la plupart du temps, on l'appelait Miti. De toute façon, Miti ou Domitille, en ce moment, la fillette n'en avait rien à faire. Elle n'arrivait pas à croire qu'elle avait reçu une couverture usagée et rapiécée comme cadeau d'anniversaire !

Ce soir-là, après que sa grand-mère soit venue la border, Miti s'était enfin retrouvée toute seule dans sa chambre. Maintenant, personne ne la voyait. Maintenant, elle ne risquait plus de faire de peine à qui que ce soit. Elle pouvait enfin laisser monter toute la colère qu'elle refoulait depuis tout à l'heure. Il n'était pas question de supporter cet horrible cadeau usagé une seconde de plus. D'un geste brusque, elle le jeta en bas du lit.

— Tu n'es qu'une couverture de guenilles ! Je te déteste !

2

Domitille dort mal. Même si elle a replacé sa douillette habituelle sur son lit, elle est agitée. Elle tourne d'un côté puis de l'autre, remonte la douillette, la repousse. Quelque chose la dérange. Quelqu'un a parlé? À moitié endormie, Miti cligne des yeux, puis retombe dans un sommeil troublé.

Dans la chambre obscure, une voix ronchonne :

— Vous avez entendu? Vous avez tous entendu?

La fillette est dérangée dans son sommeil et se tourne dans son lit en entrouvrant les yeux. Les voix se taisent aussitôt. Elle tend l'oreille… Rien. « J'ai rêvé ! » se dit-elle en bâillant, recalant sa tête dans l'oreiller moelleux. Elle n'a pas sitôt fermé les yeux qu'une autre voix s'élève :

—Ce n'est pas si grave.

Miti se dresse toute droite dans son lit.

—Qui est là ?

Effrayée, elle allume sa lampe de chevet et parcourt sa chambre du regard. Tout semble normal. Elle bâille et se recouche, refermant les yeux.

Quelques murmures se font entendre.

—On ne va pas en faire un drame.

—Un drame ? Certainement que je vais en faire un drame !

s'écrie la voix éraillée et grincheuse du début.

La fillette se réveille tout à fait. Elle va ouvrir la porte de sa chambre et tend l'oreille. Du salon, lui parviennent les voix familières; les adultes jouent aux cartes et s'amusent. Sans doute ont-ils poussé des exclamations joyeuses et c'est ce qui aura réveillé Miti. La porte refermée, la fillette grimpe sur son lit. Au lieu de se recoucher, elle se penche brusquement et, malgré une crainte diffuse, elle regarde sous le lit avec soin. Rien, il n'y a rien. Sur le plancher, il n'y a que la courtepointe rejetée au pied du lit.

Miti scrute sa chambre silencieuse. Soudain, elle se précipite à sa garde-robe et en ouvre la porte toute grande. Elle fouille à gauche, à droite, pousse ses souliers, écarte les cintres. Ensuite, juchée sur une chaise, elle promène un regard nerveux et méfiant sur la haute tablette. Rien. Elle ne trouve rien qui aurait pu émettre des sons ressemblant à une voix.

Après ses vaines recherches, Miti retourne se coucher, se promettant de ne plus se laisser déranger par son imagination jusqu'au lendemain matin. La lampe sitôt éteinte, elle s'abrie d'un mouvement rageur et ferme les yeux.

Elle allait s'endormir pour de bon quand la même voix s'écrie avec colère :

— Alors, vous acceptez ça ? Vous ne dites rien ? Il y a des limites à se laisser insulter !

Cette fois, Miti s'assoit dans son lit, tout à fait réveillée, et elle rallume sa lampe de chevet, hésitant entre la crainte et l'irritation.

— Qui est là ?

— Pourquoi veux-tu nous parler ? répond la voix grincheuse. Il me semblait que tu ne voulais pas de nous, que tu ne voulais pas de « guenilles » !

Étonnée, la fillette fouille encore sa chambre du regard.

— Mais qui êtes-vous ? Où êtes-vous ?

— Par terre, là où tu nous as jetés. Nous sommes les carreaux de la courtepointe, mademoiselle Domitille, raille la voix inconnue. Nous ne sommes pas une couverture ordinaire, loin de là ! Nous formons une courtepointe, une *COURTE-POINTE* ! renchérit la voix.

— Enfin, presque, rectifie un carreau de coton couleur lilas. Comme nous sommes presque tous différents, tes grands-parents ne pouvaient pas créer un seul grand motif pour la couverture au complet. Ils nous ont donc assemblés, avec fantaisie, sans dessin particulier. Disons que nous sommes une sorte de courtepointe d'un genre que l'on nomme « pointes folles ».

Indifférente à cette nuance entre les deux termes de couture, la fillette se penche au-dessus de la couverture échouée sur le plancher. Incrédule, elle voit alors les carreaux quitter la courtepointe et grimper un à un sur son lit. Certains semblent furieux, plusieurs sont tristes, d'autres, déconcertés. Cependant, un même sentiment les rassemble : ils sont profondément blessés.

— Pourquoi nous as-tu traités de « guenilles » ? interroge un carreau de taffetas rose. Nous ne sommes pas en lambeaux.

—Eh bien, vous… vous n'êtes que des morceaux. Des morceaux usés, en plus. Quand maman jette un vêtement usé, elle le déchire en morceaux pour faire des guenilles. En morceaux. Euh… comme vous.

Miti ajoute qu'en plus ils ne proviennent même pas d'un magasin, alors comment peuvent-ils prétendre être un cadeau ? Certaine de ses arguments, juchée sur son lit, elle regarde de haut la courtepointe sur le plancher.

L'un des morceaux se décide et révèle d'une voix douce qu'ils ont été choisis avec soin par ses grands-parents pour une raison bien précise. Chacun des carreaux ou parfois plusieurs d'entre eux proviennent de vêtements différents

ayant appartenu à des gens différents : ses parents, ses grands-
parents, ses tantes et ses oncles, et
Miti elle-même.

—Et alors ? l'interrompt la
fillette, qu'est-ce que ça change ?

—Eh bien, continue avec dou-
ceur le bout de taffetas rose, nous
avions toutes sortes d'histoires à
te raconter, celles des personnes
que nous avons habillées, parfois
pendant des années. Peux-tu seulement imaginer tout ce que nous
aurions pu t'apprendre ? Chacun
de nous connaît des dizaines, des
centaines d'anecdotes différentes
à propos de ta famille. Ces gens
ont tous fait partie de ta vie, t'en
souviens-tu ? Te rappelles-tu aussi
le temps de ta naissance, de ta
petite enfance ? Quel dommage
que tu ne veuilles pas connaître

davantage ta famille, et toi non plus au fond !

Cette fois, piquée de curiosité, la fillette ramasse la courtepointe presque déserte.

— Tu as changé d'idée ? dit un carreau de satin orange, d'un ton railleur. Pourtant, nous n'avons pas rajeuni : nous sommes toujours des « guenilles » ! ajoute-t-il en imitant le ton méprisant de Miti.

La fillette ramène la discussion sur ce qui l'intéresse :

— C'est vrai que vous aviez des histoires à me raconter ? des secrets, peut-être ? chuchote-t-elle en se penchant vers eux.

Pas de réponse. Les carreaux se rassemblent à l'autre bout du lit et se consultent à voix basse. Domitille soupire, impatiente, mais n'ose pas les presser ; il vaut sûrement mieux éviter de les contrarier davantage. Elle s'assoit sur sa douillette et s'appuie sur la tête de son lit. C'est inconfortable ; elle tapote son oreiller et le cale derrière elle. Bon, c'est beaucoup mieux ainsi. Maintenant, elle pourra écouter longtemps, bien à son aise.

Durant son manège, elle ne perd pas les carreaux de vue. Eux non plus, d'ailleurs. De temps en temps, l'un d'eux l'observe, l'air indécis.

Finalement, ils se retournent vers elle, en gardant leurs distances. Un seul d'entre eux s'avance jusqu'au milieu du lit. Il est vert foncé et quadrillé de gris pâle. Dans son pyjama fleuri bleu, les bras autour de ses genoux, Domitille, attentive, espère des histoires merveilleuses.

— Moi, je viens d'une chemise de ton grand-père, dit le carreau d'une voix lente et basse comme celle de l'aïeul. Touche-moi, je suis en flanelle chaude. Les poignets étaient trop usés, le col et les poches étaient abîmés, mais moi et quelques autres carreaux, nous avons été taillés dans le dos, encore en bon état. Je voulais te parler de ton grand-père, qui est un peu frileux depuis quelques années.

Miti étend la main et palpe la douce flanelle. Aussitôt, des sensations lui reviennent en mémoire. « Quand grand-papa me prenait dans ses bras, je frottais ma joue contre sa chemise. Oh oui ! je m'en souviens bien. »

— Mais comme tu ne veux pas de nous, dit tristement le carreau de sa voix basse en s'en retournant lentement, on part. Adieu, petite fille.

Miti n'a pas le temps de protester que tout de suite son attention est attirée par un autre carreau. Celui-ci est tout le contraire du précédent. D'une voix enfantine, il lui explique qu'il provient d'une salopette rouge qu'elle portait quand elle était bébé, à l'époque où elle se traînait encore par terre. Il voulait lui rappeler les étonnantes découvertes qu'elle faisait en se traînant à quatre pattes : les chaudrons dans l'armoire, les livres de la bibliothèque, les dessous des chaises et des tables avec les pieds des adultes à tripoter. Il ajoute que la grand-mère a eu du mal à le tailler : la salopette était très usée sur les fesses et les genoux, et surtout le vêtement était si petit.

C'est pourquoi, contrairement aux autres carreaux, lui et ses compagnons rouges ont été découpés en triangles.

Domitille est un peu mal à l'aise.

—Je ne me souviens pas de vous. Il y a si longtemps déjà…

—C'est pour ça qu'on nous a cousus dans la courtepointe, pour que tu te souviennes…Tu as gardé si peu de souvenirs de tes premières années.

Le regard de la fillette s'éclaire soudain. Elle ne peut résister à l'envie de glisser sa main sur un carreau bleu clair.

—Toi, sourit-elle en caressant le fin lainage, je sais qui tu es. Tu faisais partie d'une robe que m'avait donnée ma marraine et que… et que…

— … et que, un jour de grande colère, tu as coupée en pièces avec les grands ciseaux de ta mère. C'est pourquoi nous sommes nombreux.

Le carreau bleu clair ajoute, avec une fierté un peu hautaine :

— Nous sommes presque neufs; nous n'avons pas eu le temps d'être usés! Mais tant pis, nous ne te connaîtrons pas davantage cette fois-ci puisque tu ne veux pas de nous. Je ne te salue pas! lance le carreau bleu clair en lui tournant le dos, offusqué.

— Où allez-vous ? Attendez! Attendez!

La voix éraillée domine les chuchotements. Le grincheux incite ses confrères à quitter immédiatement une enfant qui, selon lui, ne mérite pas un cadeau aussi exceptionnel. La discussion se poursuit comme si Domitille n'était pas là, à son sujet mais sans elle.

—Je ne savais pas toutes ces choses, plaide-t-elle. Et si vous partez, je ne les connaîtrai toujours pas, conclut-elle avec logique.

Même si elle est dans le tort, elle croise ses bras d'un air boudeur. Nullement impressionnés par son attitude, l'un après l'autre, des dizaines de carreaux de toutes les grandeurs et de toutes les couleurs quittent le lit de Miti. Elle n'a pas assez de mains pour les retenir.

—Mais voyons donc! Ne partez pas! crie-t-elle, à quatre pattes sur sa douillette. Restez! S'il vous plaît!

Un seul d'entre eux hésite à partir : un carreau de peluche beige. «Elle était un bébé si mignon, s'attendrit-il. Pourrait-elle avoir changé à ce point ?» Il revient vers la fillette et lui demande gentiment pourquoi elle ne veut pas qu'ils partent puisqu'elle les déteste et les traite de guenilles.

Miti avoue franchement que c'est parce qu'elle adore les histoires et les secrets. Devant le silence du carreau de peluche, elle donne naïvement une autre raison, toute simple : elle aura froid sans la courtepointe.

—Alors, tu veux qu'on reste seulement pour te tenir au chaud! s'écrie le carreau de peluche avec tristesse. Comme tu as changé! Moi, au cas où tu ne t'en souviendrais pas, je viens de ton ourson, celui que tu gardais toujours avec toi, jour et nuit, quand tu étais petite. Même si j'étais usé et décoloré, tu m'aimais tant et je pensais que tu m'aimerais toujours. Mais je vois bien qu'à tes yeux je ne suis plus qu'une vulgaire guenille, comme tous les autres. Alors, moi aussi je m'en vais. Adieu, Domitille.

Le dernier carreau part en silence. Miti, déçue, chagrinée et frustrée tout à la fois, regarde la courtepointe maintenant déserte.

—C'est ça! Allez-vous-en! Je m'en fiche! Vous n'êtes que des guenilles!

Rageuse, elle s'abrie avec son ancienne douillette quand, tout à coup, la porte de sa chambre s'ouvre brusquement.

3

Un petit homme entre. La fillette le scrute avec curiosité. Ni jeune ni vieux, il est habillé d'un complet sombre avec une cravate à pois jaunes et verts phosphorescents. Sans sa fine moustache noire, il aurait l'air d'un adolescent.

Le visiteur transporte une pile de boîtes de carton identiques, sauf une, la dernière, qui, un peu plus grande que les autres, lui cache par instants le visage. Prenant garde de ne rien échapper, il se tortille et parvient à fermer la porte derrière lui avec son pied droit. Sans prendre la peine de se présenter, comme s'il avait été invité, il dépose la pile de boîtes sur le lit. Domitille s'est déjà redressée.

—Qui êtes-vous, monsieur? demande-t-elle sèchement devant un pareil sans-gêne.

L'étranger l'ignore totalement, très affairé. D'une écriture fine, il inscrit sur une fiche l'heure à laquelle il débute son travail. Ouvrant ensuite les boîtes, il commence de les vider et en sort de nombreuses pièces de tissu neuves. Une fois de plus, il jette un regard à sa montre, l'air pressé.

—Qui êtes-vous? redemande Miti, intriguée. Que faites-vous ici? Qu'est-ce que vous apportez? Mais qui êtes-vous donc? insiste-t-elle avec irritation.

— Je suis l'homme du magasin. On m'a dit de livrer des carreaux neufs : je les livre.

— Ah bon ? Qui ça, « on » ?

— Une certaine Domitille qui ne voulait pas d'une couverture de « vieilles guenilles ». C'est bien ici, non ? Regarde, petite, c'est ce qui est inscrit sur le bon de commande.

Miti le constate à son tour, étonnée. Le livreur ajoute qu'elle a eu raison de délaisser les carreaux usagés. Puis, il vante ses pièces neuves et leurs belles couleurs. En y repensant, Miti est ravie. Puisque les vieux carreaux sont partis, les nouveaux les remplaceront. Tant pis pour les fuyards. Savourant sa petite vengeance, elle examine les carreaux neufs et constate qu'ils ont tous la même couleur et la même dimension. Devant son air dépité, l'intrus devine ses pensées. Il hausse les épaules et continue de vider les boîtes.

—La fantaisie, l'originalité, ça se paie, mademoiselle Domitille! L'exclusivité, ça coûte cher, très cher.

Et voilà que le petit homme à la moustache noire se lance dans un grand discours. Il lui explique que, par exemple, dans une boîte de biscuits achetée dans un magasin, tous les biscuits sont pareils: même forme, même grandeur et même goût. La fillette proteste; c'est tout le contraire quand sa mère et elle cuisinent ensemble. Elles s'amusent à varier les formes et les grandeurs et recherchent le plus de fantaisies possible. Le visiteur n'en démord pas; ses morceaux à lui sont tous pareils: pas de privilèges.

—Oui mais, tous pareils, c'est fade ! s'obstine la fillette. Les anciens carreaux étaient…

—Si les anciens carreaux ne sont plus là, c'est qu'ils ne devaient pas faire l'affaire, je suppose ! conclut le petit homme, vexé.

Que répondre à cela ? C'est vrai que Domitille était insatisfaite des vieux morceaux de tissu. Tout en discutant, l'homme du magasin a fini de sortir les pièces neuves. Encore une fois, il note l'heure sur sa fiche et sort un petit appareil de la dernière boîte, la seule qui soit différente. Aussitôt démarré, celui-ci fait entendre un drôle de bruit, monotone et agaçant. Sans perdre de temps et avant que Miti saisisse ce qui se passe, le livreur se prépare à coudre les nouveaux morceaux à la courte-pointe.

—Hé! Attendez! s'écrie Miti. Je ne suis pas certaine de les vouloir.

Bzzz, fait la petite machine à coudre portative. *Bzzz*, un carreau, *bzzz*, puis deux, *bzzz*... puis cinq, *bzzz*...

—Mais... est-ce qu'ils me feront une bonne couverture chaude? insiste Miti, qui s'inquiète.

—Ce n'est pas mon problème. On m'a dit de les livrer et de les coudre. Le reste ne me regarde pas.

Miti, dépassée par les événements, observe le travail du couturier. *Bzzz*... neuf, *bzzz*... treize, *bzzz*... Tout est allé si vite: la découverte du cadeau si décevant, la dispute avec les carreaux de la courtepointe, l'arrivée de l'homme du magasin avec ses pièces neuves.

Mais de quoi se plaint-elle, au juste ? N'est-ce pas ce qu'elle souhaitait, un cadeau provenant d'un magasin ? Soudain, un argument important lui vient :

—Est-ce que ces pièces de tissu ont des histoires à me raconter ?

L'homme ignore sa question, concentré sur sa tâche. *Bzzz...* quinze carreaux, *bzzz...*

—Répondez ! s'écrie Miti en s'énervant.

Bzzz... dix-huit, *bzzz...* La fillette, debout sur le lit, les poings sur les hanches, hoche la tête avec exaspération.

—MONSIEUR ! je vous ai demandé si les pièces neuves avaient quelque chose à ...

—Et comment veux-tu qu'elles aient quelque chose à raconter ? s'exaspère-t-il à son tour. Elles sont neuves, petite fille ! Elles sont *neuves*! Tu comprends ça? Neuves!

Bzzz… vingt-deux, *bzzz*… vingt-cinq. D'un coup de pied, Miti jette la pile de tissus par terre.

—Je n'en veux pas de vos pièces neuves! Allez-vous-en! Je…

Bzzz… vingt-neuf, *bzzz*… trente et un.

—Mais arrêtez! crie-t-elle, rouge de colère. Je n'en veux pas de ces carreaux! Ils n'ont rien à me raconter, ils…

Bzzz… trente-quatre, *bzzz*… trente-sept, *bzzz*…

Devant l'obstination du visiteur, Miti se précipite et la bataille s'engage entre l'homme du magasin armé de sa machine à coudre portative et la fillette en colère. À coups d'oreiller, elle essaie d'empêcher l'intégration des nouveaux morceaux à la courtepointe. Se protégeant d'une main et cousant de l'autre, l'homme continue malgré tout : il est payé pour ça.

Bzzz... quarante, *bzzz...* quarante-deux, *bzzz...* Presque étouffée sous l'oreiller, la petite machine à coudre s'entête à continuer. *Bzzz...* quarante-cinq, *bzzz...* Affolée, Miti piétine les tissus neufs en criant :

— Au secours ! Au secours ! À l'aide !

Bzzz... quarante-huit, *bzzz...*

Qui donc pourrait la secourir dans ce combat inégal ?

4

Contre toute attente, l'appel de Domitille a été entendu. Les vieux carreaux surgissent d'on ne sait où.

—Je vous l'avais bien dit qu'elle n'était pas méchante, halète le morceau d'ourson en peluche.

—On va voir ce qu'on va voir ! rugit le grincheux vert criard.

En trois secondes, il évalue la situation et met au point une stratégie : 1) attaquer les morceaux neufs ; 2) arrêter la machine ;

3) découdre les morceaux déjà intégrés à la courtepointe.

—Je m'occupe de l'homme! crie Domitille, qui reprend confiance.

De partout, des bataillons de tissu attaquent. Les morceaux neufs, étourdis d'avoir été jetés au sol, éparpillés, opposent une piètre résistance.

—Au secours! Mais lâchez-nous, voyons! Au secours!

Déroutés, ils reculent devant leurs ennemis.

—Sauvons-nous! Replions-nous! Vite!

Affolés, les morceaux neufs essaient de se réfugier dans les boîtes. Ils sont cependant entravés dans leur fuite par leurs adversaires qui les attaquent sans répit. En se bousculant, ils réussissent enfin à atteindre leur refuge et s'y enferment.

L'homme du magasin, déconcerté par cette attaque qui n'était pas prévue à son horaire, met quelques secondes à réagir. Vlan! Et vlan! Miti lui assène deux coups de pantoufle sur la tête. Elle saute à pieds joints sur le lit. Pouf! un coup d'oreiller. Bong! un coup de pied. Devant ses assauts répétés, l'homme renonce. Il lâche la machine à coudre et, sortant un découseur de sa poche, il commence fébrilement de couper les fils qui retiennent des pièces neuves à la courtepointe. Il espère ainsi se protéger des attaques furieuses de la fillette.

— Bon, bon. Je les découds; t'es contente?

Mais Miti attaque encore et encore, sans relâche.

—Arrête, voyons! proteste l'homme. J'ai été envoyé pour les coudre mais je les découds, là! Qu'est-ce que tu veux de plus?

Dans sa précipitation à récupérer ses pièces neuves, l'homme du magasin fait un faux mouvement, trébuche et s'affale de tout son long sur le plancher. Aussitôt, les vieux carreaux de tissu le prennent d'assaut.

—Maintenez-le par terre! crie Miti.

Mais les anciens carreaux sont âgés. Ils sont essoufflés et ne tiendront pas le coup longtemps. Les plus solides escaladent le lit et se jettent sur la machine à coudre.

—On ne veut plus de toi, vilaine! crie un carreau de denim. Sors d'ici! As-tu compris?

Trois vieux carreaux de tissu se jettent alors sur l'appareil, qui bascule et dont l'aiguille se casse. Fiers de leur exploit, les combattants dévident le fil de la bobine. Des renforts arrivent et, tous ensemble, ils essaient de bâillonner la machine en l'étouffant de toutes parts.

Bzz...zzz...zz z... râle la machine à coudre impuissante.

Son aiguille cassée, son fil arraché, elle s'immobilise enfin, puis se tait. Seuls quelques carreaux neufs encore intégrés à la courtepointe résistent. Leurs adversaires les tirent dans tous les sens.

—Aïe! supplient les pièces neuves. Ne nous faites pas de mal! Ne nous déchirez pas! Ne nous...

Crrroouucch... Trop tard! Un morceau neuf est déchiré. Dans la chambre transformée en champ de bataille, le silence tombe d'un coup. Honteux, les vieux carreaux ne savent que faire pour réparer ce malheur. Domitille est consternée.

—Cessons le combat, dit-elle doucement. C'est assez.

Elle regarde l'intrus avec un air sévère.

—Vous, monsieur, partez! Tout de suite! Et rapportez vos affaires!

Les cheveux ébouriffés, la cravate de travers, l'homme du magasin note encore quelques chiffres sur sa fiche, d'une main tremblante cette fois. Les tissus neufs entassés pêle-mêle dans les boîtes se taisent peureusement, espérant se faire oublier. Dans le silence lourd, l'homme finit nerveusement de découdre les pièces qu'il avait ajoutées à la courtepointe et il les jette en vrac dans les boîtes, qu'il empile tant bien que mal.

Puis il attrape sa machine à coudre portative et quitte enfin la chambre, s'efforçant de garder la tête haute.

— Hourra ! s'écrient les vainqueurs.

Restée seule avec les vieux carreaux, Miti s'assoit au milieu d'eux.

— Je suis si contente de vous revoir. Merci d'être venus à mon aide. Merci !

Mais les carreaux ne répondent rien, ne sourient pas. Ils reprennent leur souffle en la dévisageant gravement. Ils ne sont revenus que pour répondre à son appel de détresse. Rien de plus.

5

Domitille observe les vieux carreaux qui se défroissent et refont leurs forces. La bataille les a épuisés. Leur silence prolongé inquiète la fillette.

—Êtes-vous toujours fâchés contre moi ? risque-t-elle, d'une voix repentante.

Plusieurs d'entre eux la regardent avec tristesse. Contrite, elle leur demande de rester, convaincue que cela suffira pour faire oublier ses méchantes paroles. Il n'empêche que la couverture est désertée et que, à l'issue de la bataille, des bouts de fil pendent partout. C'est la déprime générale.

—Regarde dans quel état est la courtepointe maintenant, reproche un carreau bourgogne provenant d'un ancien veston du père de Miti. Tes grands-parents ont mis tant de soin à nous assembler, à ajouter une bourre moelleuse et une doublure. Ce n'est pas tout. Ensuite, ils ont piqué, à la main, toute la courtepointe pour bien fixer le tout. Ça leur a pris tout l'hiver pour te fabriquer cette couverture unique. Tu te rends compte ? Tout l'hiver ! Même si leurs yeux se fatiguaient de ce travail minutieux, ils continuaient. Et toi, en quelques heures, tu as tout détruit.

—Je vais enlever tous les bouts de fil, promet Miti. Je vais tout remettre en ordre. Allez-vous rester ?

Les carreaux se consultent du regard. Rester ? Pourquoi rester ?

Ils n'ont pas changé. Ils sont même encore plus vieux que tout à l'heure. Pourquoi l'intéresseraient-ils maintenant ? Domitille a eu besoin d'aide, soit. C'est la seule raison pour laquelle elle a apprécié leur retour. La preuve, c'est qu'elle ne s'est même pas excusée d'avoir prononcé des paroles blessantes à leur égard. Ça, c'est impardonnable.

Comme si elle avait senti leurs reproches muets, Domitille baisse la tête, honteuse.

— Pardon de vous avoir traités de guenilles. Vous êtes vieux, c'est vrai, mais vous êtes propres et bien repassés. Vous n'êtes pas des guenilles. Je suis désolée, avoue Miti sincèrement.

Les carreaux ne sont pas convaincus pour autant :

—On sait que tu es mécontente de ce cadeau. Tu aurais souhaité autre chose.

—Oui, c'est vrai. En fait, je croyais que la boîte contenait un ordinateur, dit-elle, les yeux brillants de convoitise.

—Mais dans deux ou trois ans il aurait été démodé, proteste un carreau de flanelle. Tes grands-parents, eux, ont voulu te donner un cadeau qui dure très longtemps.

—Et tu n'en as pas voulu… Tant pis pour toi.

La fillette s'énerve. Malgré ses excuses, les carreaux de tissu ne sont toujours pas contents. En effet, ils sont âgés et sensibles ; l'insulte leur a fait beaucoup de peine.

Le carreau d'ourson en peluche beige intercède en faveur de Domitille. Peut-être souhaite-t-elle vraiment les garder.

—Ah oui ? réplique le carreau grincheux. Et pourquoi ?

Non, ils ne lui font plus confiance. Toutefois, quelques carreaux aimeraient bien croire la fillette. L'un d'eux propose d'exiger une preuve de sa bonne foi. Miti devra donner une raison prouvant son intérêt nouveau et sincère pour la courtepointe.

—Une seule raison ? proteste un carreau de salopette rouge. Il en faudrait au moins…

—Cinq ! lance un carreau de lainage bleu clair.

—Cinq raisons ? s'exclame Miti. C'est facile, affirme-t-elle au plus vite avant que les carreaux ajoutent d'autres conditions. Et vous resterez si je trouve cinq raisons ?

—Oui, promettent-ils à l'unanimité.

— D'accord ! commence-t-elle. Un : parce que vous avez de belles couleurs.

Elle les examine avec soin.

— Deux : parce que vous avez des grandeurs différentes. C'est bien plus beau, plus original.

— Ça va aussi, approuve un carreau.

— Trois : parce que…

Elle regarde les pièces d'étoffe, se permet même d'en toucher quelques-unes du bout des doigts.

— … parce que vous ferez une bonne couverture chaude.

— Ça va aussi.

Domitille soupire, perplexe. Elle a observé les couleurs, puis les grandeurs. Elle a ensuite déduit qu'elle aurait chaud sous la courte-pointe. Que pourrait-elle ajouter de plus ? Les yeux fermés pour se concentrer, elle réfléchit très fort.

— Quatre ! s'écrie-t-elle bientôt. Parce que vous avez des histoires merveilleuses à me raconter. Mon histoire et celle de ma famille.

— Voilà une excellente raison. C'est même la meilleure des quatre. Ensuite ?

Cette fois, elle ne sait plus quoi dire.

— Il en faut cinq ! s'inquiète le carreau d'ourson. Est-ce vraiment tout, Miti ?

— Pourquoi faudrait-il que j'en trouve cinq ? ronchonne la fillette. À l'école, on n'a pas besoin d'obtenir cinq sur cinq pour réussir.

Elle cherche encore mais, cette fois, malgré toute sa bonne volonté, aucune autre raison ne lui vient à l'esprit.

Pour les vieux carreaux de tissu, la raison manquante est la plus importante et la fillette ne l'a pas trouvée. Ils jugent alors qu'il est inutile de rester. Lentement, ils quittent le lit, dans une longue file colorée.

—Ne partez pas! Attendez, je vais chercher encore.

Malgré ses supplications, les pièces de vieux tissu s'éloignent.

—Restez! Mon vieil ourson, dis-leur de rester!

Affolée, Miti n'arrive pas à les faire changer d'avis. Ils partent, un à un.

—Attendez …

Il est trop tard. Dans la chambre désertée, il ne reste plus que le carreau d'ourson en peluche, tout seul sur le lit qui paraît soudain si grand et si vide.

—Tu es encore là, toi? crie Miti, peinée. Va-t'en, toi aussi! Allez, va-t'en!

Mais le carreau de peluche ne bouge pas. Miti éclate en sanglots. Comme elle voudrait reprendre ses paroles méprisantes !

—Miti, demande doucement le carreau de peluche, veux-tu vraiment qu'ils reviennent ?

—Oh oui ! Aide-moi, vieil ourson. Où sont-ils partis ? Est-ce loin ? Dis-le-moi !

Peut-il divulguer le secret ? En a-t-il le droit ? Par ailleurs, c'est peut-être sa seule chance de faire revenir ses compagnons. Et encore, rien n'est assuré. Après mûre réflexion, il prend le risque et révèle à Miti que les carreaux sont partis très, très loin au pays magique des vieux vêtements.

La fillette croit tout d'abord à une blague. Cependant, devant le sérieux du carreau offusqué, elle choisit de le croire. Reprenant confiance, elle le supplie de l'y amener, convaincue de persuader tous les autres de revenir.

Le carreau d'ourson, lui, semble douter de ses chances de réussite. Premièrement, Miti ne pourra probablement pas entrer dans ce pays. Jusqu'à maintenant, aucun humain n'y a été admis. Deuxièmement, même si elle réussissait à traverser la frontière, il lui faudrait ensuite surmonter plusieurs obstacles : trouver les carreaux de sa courtepointe, les persuader de revenir…

—J'y arriverai! affirme-t-elle.

Cela ne suffira pas. Il restera encore un obstacle de taille : les carreaux ne peuvent pas ressortir du pays des vieux vêtements. C'est la loi. N'importe quel tissu peut y entrer, mais il ne peut plus en ressortir. Trouvant cette règle injuste, Miti proteste :

— Tout le monde a le droit de changer d'idée, même les pièces de tissu.

— Pas dans ce pays. C'est comme ça.

La fillette réfléchit à tout cela. Cela fait beaucoup d'obstacles à surmonter.

— Peut-être vaudrait-il mieux abandonner tout de suite, conclut le carreau de peluche devant son silence.

Chagrinée, Domitille regarde sa courtepointe déserte ; elle songe aux histoires de chacun des carreaux… Non, elle ne les abandonnera pas. Du fond de son cœur, elle souhaite ardemment leur retour. Même si c'est très difficile, même si elle doit se battre, elle ira au pays des vieux vêtements !

Elle les ramènera. Rien ne la fera renoncer.

Le carreau d'ourson respire d'aise. Comme il est fier du courage de la petite fille.

—Tu es prête ?

—Oui.

Miti prend délicatement le carreau d'ourson dans ses mains et hop ! tout devient noir.

6

Les deux complices se retrouvent magiquement au pays des vieux vêtements. Miti, émerveillée, n'en croit pas ses yeux. Le nez en l'air, elle suit le carreau d'ourson, sur un sentier. Celui-ci chevauche des collines rondes et douces de toutes les couleurs. Ils aperçoivent bientôt au loin les vieux carreaux de sa courtepointe qui cheminent lentement.

Brusquement, Miti s'arrête. Elle vient de constater qu'elle marche pieds nus sur le sentier sans se faire mal. Incrédule, elle s'agenouille pour tâter le sol. Il est en feutre.

— C'est super ! s'écrie-t-elle en riant.

— Pour les humains, rectifie le carreau de peluche. Ici, c'est normal. Au pays des vieux vêtements, tout est en tissu, même les sentiers. Attention ! voilà la frontière !

Pas de barrière, pas de muraille. Seulement deux salopettes qui, plantées comme des piquets, barrent la seule route donnant accès au pays magique. Domitille n'est pas habituée de voir des vêtements se tenir à la verticale tout seuls, sans personne à l'intérieur. Aussi, réprimant son fou rire, s'efforce-t-elle d'être très polie en s'adressant aux sentinelles :

—Bonjour, mesdames les sentinelles. Je m'appelle Domitille et…

Elle est vite interrompue par deux voix graves et fermes.

—Halte-là ! On ne passe pas ! crient les salopettes raides et au garde-à-vous.

—Laisse-moi faire, chuchote le carreau d'ourson. Bonjour, redoutables sentinelles, dit-il en essayant de raffermir sa voix. Je voudrais faire visiter votre pays à cette fillette ; elle est très curieuse de connaître les vêtements extra-ordinaires qui l'habitent.

—Oui, oui, ajoute Domitille avec impatience. Nous cherchons les vieux…

La bavarde se tait juste à temps : elle allait naïvement dévoiler leur plan.

—Les vieux quoi ? interrogent les sentinelles, soupçonneuses.

—Je veux dire… Eh bien… je voudrais voir les plus vieux vêtements de ce pays.

—Rien à faire ! On ne passe pas !

—Écoutez, je ne cherche pas à vous nuire, je veux simplement entrer dans votre pays.

—Rien à faire ! On ne passe pas ! Si le carreau de peluche veut entrer, il est libre de le faire, mais seul.

—Je n'entre pas sans elle ! déclare fermement le carreau de peluche.

—Alors, rien à faire ! On ne passe pas !

Domitille s'assoit sur le sentier, à l'écart. Que faire, maintenant ? Peut-être son compagnon pourrait-il entrer seul et convaincre ses camarades de revenir ? Il refuse net. C'est à elle d'être persuasive, pas à lui. D'ailleurs, ce serait une grave erreur de se séparer. Laissée à elle-même aux frontières de ce pays, Miti ne pourrait plus retourner chez elle et lui, il ne pourrait plus ressortir du pays des vieux vêtements. Non, il faut trouver autre chose.

Miti a une idée. Si elle ne peut traverser la frontière, pourquoi ne pas passer à côté ? Le carreau de peluche l'en dissuade vivement : seul le sentier peut supporter son poids, elle est trop lourde pour les autres tissus. Miti n'en croit rien et fait à sa tête. Elle quitte le sentier. Dès ses premiers pas, ses pieds s'enfoncent dans les champs de lin aux fleurs bleues.

— Au secours !

—Le sentier! crie le morceau d'ourson, incapable de la retenir. Accroche-toi au sentier! Vite!

—Je cale! hurle-t-elle en s'agrippant aux tiges de lin.

—Accroche-toi au sentier!

En s'étirant les bras au maximum, Miti arrive à agripper d'une main, et de justesse, le bord du sentier, plus solide.

—C'est ça! Essaie de te raccrocher avec l'autre main. Oui. Ça y est! l'encourage le morceau de peluche. Reprends ton souffle! Bon, essaie de remonter sur le sentier, maintenant. C'est ça! Encore un effort. Tu y es presque.

Courageusement, la fillette se hisse jusqu'à la taille puis, dans un dernier effort, elle bascule sur le sentier.

Retrouvant peu à peu son calme, elle se rend à l'évidence:

contourner la frontière est impossible. Il lui faut affronter les sentinelles si elle veut vraiment entrer dans le pays des vieux vêtements. « Mais comment ? » s'énerve-t-elle, encore traumatisée de sa dernière mésaventure.

Miti se creuse les méninges. Comment récupérer les pièces d'étoffe si le carreau d'ourson et elle ne réussissent même pas à traverser la frontière ?

— Tu as entendu les sentinelles ? s'écrie-t-elle soudain, tout excitée. Les salopettes ont répété quatre fois la même chose, donc elles radotent ! Radoter, ce n'est pas très intelligent. Il suffit d'être plus rusés qu'elles, c'est tout ! conclut-elle dans un grand éclat de rire. Tiens-toi prêt à passer, chuchote-t-elle à son complice.

Avant que le carreau d'ourson ait pu faire un seul geste pour la retenir, la fillette s'avance avec bravade vers la frontière.

— Ohé ! les gardes ! s'écrie-t-elle d'une voix forte en se dirigeant droit sur eux. Vous devriez avoir honte !

— Et pourquoi donc ?

— Il vous manquera bientôt des boutons.

— Où ça ?

Les salopettes se regardent, s'examinent.

— Nous avons tous nos boutons. Vous inventez des histoires.

— Vous les avez, mais ils vont tomber. Ils ne tiennent qu'à un fil. Détachez-les, vous verrez bien.

Troublées par ce danger possible, les salopettes imprudentes détachent leurs bretelles. Domitille se précipite, les bouscule, entrecroise leurs bretelles et boutonne les sentinelles l'une à l'autre. Ainsi reliées face à face, elles se nuisent mutuellement dans leurs mouvements. Trop occupées à tenter de se déprendre, elles en oublient complètement les arrivants.

— La voie est libre ! crie Miti. Allons-y !

Elle attrape le carreau de peluche et traverse la frontière en courant pendant que les sentinelles ragent.

— Lâche-moi ! Mais lâche-moi, voyons ! crie l'une.

— C'est toi qui me tire ! rouspète l'autre.

— Arrête, Miti ! crie bientôt le morceau d'ourson. Inutile de courir plus loin. Les sentinelles ne quittent jamais les frontières.

Domitille danse de joie. Elle a réussi la première partie de sa mission. La prochaine étape sera plus délicate et difficile : retrouver les vieux carreaux et, surtout, les convaincre de revenir avec elle.

7

De l'autre côté de la frontière, le carreau d'ourson et Domitille traversent les collines. Puis ils arrivent dans un lieu à la fois étrange et commun. Il faut quelques minutes à la fillette pour se rendre compte que c'est une ville. Du bout des doigts, elle tâte le mur d'une maison. À sa grande surprise, elle constate qu'il est en tissu ! Certains morceaux sont doux et souples, d'autres rugueux. À ses pieds, des platebandes en fleurs de soie. Les rues, comme les sentiers, sont en feutre.

Miti repère tout à coup un reflet vert criard. Mais oui ! C'est bien un carreau de sa courte-pointe ! Zut ! il fallait qu'elle tombe sur le grincheux. Tant pis ! En voilà au moins un. Déjà, le carreau d'ourson lui révèle leur intention de retrouver les autres carreaux.

— Pour quoi faire ? se méfie le grincheux.

La fillette lui avoue simplement, sans détour, qu'elle a eu tort de les rejeter. Si elle a parcouru tout ce chemin et, en plus, dupé les sentinelles, c'est pour leur prouver sa bonne foi.

— Vraiment ? se méfie-t-il. Alors, tu ferais mieux de te dépêcher. C'est urgent.

— Pourquoi ? J'ai tout mon temps. Pas question de repartir avant d'avoir visité la ville. Une ville en tissu ! s'exclame-t-elle.

Je n'en ai jamais vu ! Quand je vais raconter ça à ma classe !

— Fais à ta guise.

— Hé ! Attends ! Qu'est-ce qui presse tant ?

Miti se lance à la poursuite du grincheux, mais celui-ci détale à toute vitesse. Les grandes jambes de la fillette auront vite fait de le rattraper. Au détour d'une rue, pour échapper à sa poursuivante, le carreau se colle à une maison multicolore. Domitille l'appelle gentiment : pas de réponse. Elle scrute les murs sans le voir. Rien à faire. Le carreau est impossible à déceler, confondu avec les multiples nuances des murs.

— Je n'ai même pas eu le temps de l'attraper, soupire Miti.

— L'attraper ? s'exclame le carreau d'ourson indigné. Tu veux ramener les carreaux de force ?

Cela change tout! Malgré son affection pour la fillette, il refuse de participer à un enlèvement. Domitille lui donne raison : elle persuadera les carreaux de revenir avec elle.

Rassuré sur ses intentions, son compagnon repart avec elle. En fait, il ne connaît pas ce pays lui non plus ; il en a seulement entendu parler. Sans bruit, ils explorent au hasard, scrutant à droite et à gauche. Mais comment reconnaître les carreaux ? Tout est en tissu : les maisons, les portes, les rues, les…

— Psstt…

Une petite voix, discrète, à peine audible, les a appelés. Après un moment de silence, Domitille chuchote elle aussi :

— Qui es-tu ? Où es-tu ?

— Psstt…

La petite voix se fait entendre de nouveau mais semble venir d'ailleurs. Les deux amis tournent sur eux-mêmes, maintenant entourés de petites voix qui semblent surgir de toutes les directions à la fois.

—Mais où êtes-vous ? s'étonne Miti.

—Dis-nous d'abord ce que tu fais ici, répond une voix familière.

—Je viens vous demander de revenir. Je tiens beaucoup à vous.

Pas de réponse.

—Je regrette beaucoup mes paroles méchantes, ajoute-t-elle.

Après un silence émaillé de murmures ici et là, la même voix s'élève timidement :

—Viens d'abord nous chercher. Là-haut !

La fillette lève les yeux. Au-dessus de sa tête, un arbre déploie ses feuilles, formées de retailles multicolores. Domitille plisse les yeux, scrute le feuillage et aperçoit enfin les carreaux de tissu qu'elle cherchait. Entre des retailles de toutes les couleurs, les carreaux bleu clair de sa robe de lainage émergent ici et là comme des coins de ciel bleu.

—Nous ne savons pas comment redescendre. Viens nous chercher, se lamentent-ils de leurs petites voix.

Domitille étend le bras, se hisse sur la pointe des pieds, saute plusieurs fois, mais ne réussit pas à atteindre le feuillage et encore moins les carreaux. C'est beaucoup trop haut.

—Si on essayait à deux? propose le morceau d'ourson.

Elle le lève à bout de bras, se hissant elle-même sur la pointe des pieds, dans un équilibre précaire. Tout là-haut, les carreaux leur donnent toutes sortes de conseils contradictoires, chacun d'eux étant persuadé que son plan est le mieux adapté à la situation. Miti fait tant d'efforts pour reculer et avancer, aller à gauche et à droite, toujours sur la pointe des pieds, que ses jambes flageolent.

—J'ai le vertige, se lamente le carreau d'ourson en peluche. Descends-moi, s'il te plaît.

Tous deux se laissent tomber sur le sol, tremblants, épuisés. Au bout d'un moment, la fillette a repris des forces et propose une autre tactique :

—Attention là-haut! Tenez-vous tous pour former une chaîne. Je vais sauter avec le carreau d'ourson et tenter d'attraper celui d'entre vous qui sera le plus bas. Prêts ? On y va !

La fillette saute une fois, deux fois, et, à la troisième envolée, le carreau d'ourson agrippe enfin un carreau et, du coup, fait dégringoler toute la ribambelle sur eux. Sous l'avalanche, Miti et le morceau de peluche s'écroulent.

— Ouille !

— Aïe !

Les morceaux de la robe de lainage sont très contents de revoir Domitille et son compagnon. La fillette s'étonne tout de même de leur empressement à accepter son offre. Elle apprend vite pourquoi. La robe de lainage était neuve quand la petite Miti l'avait découpée ; comme les morceaux sont presque neufs, ils ne connaissent

personne au pays des vieux vêtements. Ils ont vite compris que
leur présence était presque
insolente dans ce pays de vieux
vêtements. Aussi se considèrent-
ils chanceux que Miti soit venue
les chercher.

— Je prendrai bien soin de vous,
promet-elle, ravie de ce premier
succès.

Quant à lui, le carreau d'ourson n'oublie pas que le temps
passe.

— Savez-vous où sont vos compagnons ? demande-t-il nerveusement.

Mal à l'aise, les carreaux bleus
ne savent comment leur apprendre
ce qui se prépare.

— C'est que... plusieurs ont
retrouvé le vêtement dans lequel
ils avaient été taillés.

— Et alors ?

— Pour avoir le droit de rester ici, ils devront être recousus à leur vêtement d'origine au cours d'une cérémonie de retrouvailles, au parc de laine.

— En fait, c'est peut-être déjà commencé, ajoute l'un des morceaux.

— Quoi? s'exclame Miti. Mais qu'est-ce qu'on attend? Allons-y tout de suite. Guidez-nous! Vite!

Le cortège bariolé s'achemine aussitôt vers le parc de laine. Chemin faisant, Domitille compte les carreaux déjà rassemblés.

L'ourson de peluche, lui, s'inquiète des prochains obstacles. Si Miti réussit à convaincre les autres carreaux de revenir avec elle, comment pourra-t-elle être certaine de ne pas en oublier un seul? Et comment les fera-t-elle sortir du pays des vieux vêtements?

Un brouhaha s'amplifie au fur et à mesure qu'ils avancent dans la ville. C'est sûrement le rassemblement pour la cérémonie des retrouvailles.

—Hâtons-nous, dit le carreau d'ourson.

—Attendez! s'écrie Domitille. Il faut réfléchir. Est-ce prudent de nous montrer au grand jour? Je n'ai pas le droit d'être ici ni vous de vous enfuir!

Les vieux carreaux prennent peur et se précipitent dans un buisson multicolore pour s'y dissimuler.

—Nous pouvons toujours nous cacher, chuchote l'un d'eux, mais toi, tu es très, hum, très visible.

—Me cacher? proteste-t-elle. Je n'ai pas envie de me cacher. Au contraire, je veux expliquer la situation aux vieux vêtements. Ensuite, je laisserai les carreaux choisir de revenir avec moi ou non.

— Et s'ils disent non ? insinue tout à coup une voix grincheuse que Miti reconnaît.

— Tiens, tu es là, toi ?

— Oui. Je vous ai suivis, ce n'était pas difficile, ricane le carreau vert criard.

Le carreau grincheux leur donne les dernières nouvelles. Le peuple des vieux vêtements a reçu un rapport des salopettes sentinelles. Il sait donc qu'une visiteuse illégale s'est introduite dans le pays. Miti a été repérée et suivie. Les vieux vêtements sont méfiants et, comme ils ignorent les intentions de la fillette, ils sont très inquiets. Cette humaine est-elle venue ici pour les détruire ? Les vieux carreaux qui viennent d'arriver, comme par hasard tout juste avant elle, sont-ils des trouble-fête ou pire encore ? Ces carreaux qui faisaient autrefois partie de plusieurs vêtements installés ici depuis longtemps sont-ils venus avec des intentions belliqueuses ou même guerrières ?

Domitille est désolée de leur causer tant d'inquiétude. Elle n'a plus le choix ; elle doit s'expliquer au plus tôt sur sa présence dans le pays des vieux vêtements. La majorité des carreaux l'approuvent. Guidée par le brouhaha de la foule, la délégation se dirige vers le parc de laine.

Bientôt, des saules immenses et majestueux leur apparaissent, dont les longs brins de laine pendent et se balancent lentement dans le vent. Au pied des arbres, les vieux vêtements, de toutes formes, tailles et couleurs, sont rassemblés dans une foule tout aussi bariolée qu'eux. Les carreaux de la courtepointe sont déjà sur l'estrade de feutre.

— Miti, murmure le carreau d'ourson, essaie de trouver des mots convaincants.

Leur sort va maintenant se décider.

— Bon, dit-elle courageusement en prenant une grande inspiration. Allons-y !

8

La foule, stupéfaite, se tait en apercevant une humaine et s'écarte pour la laisser passer, remarquant à peine le morceau de peluche qui l'accompagne. Les deux compagnons se fraient un chemin jusqu'à l'estrade. Le cœur de Domitille bat très fort.

—Ahhhh! voilà donc l'intruse! s'écrie une voix claire et forte. Avance, allez, avance, répète la voix autoritaire.

Au milieu de l'estrade, une grande toge noire secoue ses longues et amples manches pour impressionner l'assemblée. Pour stresser la visiteuse, elle débute son interrogatoire sans attendre :

—Que fais-tu ici, petite fille ? Que veux-tu ? lui dit-elle en la regardant de haut. Pourquoi es-tu entrée dans notre pays malgré l'interdiction des sentinelles ? Pourquoi te cachais-tu ? Que viens-tu faire ici ? Quel est ce… morceau de tissu qui t'accompagne ?

Intimidée par ce déluge de questions, Domitille ne sait à laquelle répondre.

—Bonjour, je…

D'abord effrayée, elle parvient pourtant à raffermir sa voix.

—Je veux simplement parler aux vieux carreaux de ma courtepointe. Je ne veux de mal à aucun d'entre vous.

—Pourquoi te cachais-tu, alors ?

—Et vous ? réplique la fillette du tac au tac. Pourquoi m'espion-

ner au lieu de me contacter franchement ?

Devant cette réponse inattendue, la toge, vexée à son tour,
répond qu'il était normal qu'elle
se méfie d'une étrangère. Domitille lui retourne sa remarque,
affirmant à son tour qu'elle ne la
connaît pas davantage et se méfie,
elle aussi.

Pendant que la toge noire et
Miti s'obstinent, les carreaux bleus
et le carreau grincheux se glissent
derrière l'estrade et rejoignent dis-
crètement leurs anciens compagnons de courtepointe. Sans perdre
une seconde, ils les incitent à retourner avec eux dans la courtepointe de Miti. Mais ce n'est pas
si simple. Certains carreaux de
tissu sont contents d'avoir retrouvé leur vêtement d'origine,

surtout les morceaux rouges, qui aimeraient bien reformer la salopette de bébé.

— Voyons donc! s'écrie un carreau bleu clair. Ce n'est pas de ça dont Miti a besoin; elle est grande maintenant.

— Chut! on parle de nous.

Sur l'estrade, Domitille se tourne vers la foule et hausse la voix :

— Vous voulez savoir pourquoi je suis ici? Je me suis mal conduite avec les carreaux de ma courtepointe d'anniversaire et je viens leur demander de revenir dans ma chambre.

— Rien que ça? dit la toge avec ironie. Eh bien, fillette, je t'informe qu'ils ont demandé asile dans notre pays. Et ils l'ont obtenu!

—C'est à eux de décider ! riposte la visiteuse.

—C'est déjà fait et nous les avons acceptés. Va-t'en, maintenant. La cérémonie va commencer.

Miti et le morceau d'ourson se précipitent devant les vieux carreaux et forment un barrage vivant.

—Non ! Les carreaux ont encore le droit de choisir. Ils ont le droit de changer d'idée.

—Oui, l'appuie l'un des carreaux de flanelle provenant de la chemise du grand-père. Nous avons le droit de choisir !

—Et nous choisissons de revivre dans la courtepointe ! ajoutent les triangles de la salopette rouge.

—Nous aussi ! Nous aussi ! clament en chœur les autres carreaux.

—Vous êtes ici, vous y resterez ! décide la toge, qui refuse de perdre tous ces nouveaux citoyens.

Aussi annonce-t-elle son verdict sans plus attendre :

—Gardes ! s'écrie-t-elle. Ils sont tous en état d'arrestation !

En une seconde, le parc de laine est plongé dans la confusion. Des chandails usés battent des bras en tous sens, des jupes virevoltent et attaquent de tous côtés, tandis que gants et chaussettes se ruent sur Miti et son carreau de peluche. La toge s'agite et crie à tue-tête. Au milieu de cette bousculade, les vieux carreaux de la courtepointe ne savent que faire, tiraillés entre leurs compagnons qui les incitent à repartir et les vieux vêtements qui veulent les retenir. Finalement,

Domitille est ligotée par des bas et des foulards.

— Vous avez résisté à la loi ! proclame la grande toge noire, imbue de son pouvoir. Votre sentence sera exemplaire !

— Mais de quoi m'accusez-vous, enfin ? s'insurge la prisonnière.

— Vous avez… vous avez… conspiré ! C'est ça ! C'est ça ! décrète la toge, toute fière de sa trouvaille. Vous êtes accusée de conspiration ! Emmenez-la !

Les vieux vêtements du pays se regardent, perplexes. La grande toge noire s'énerve :

— Dépêchez-vous ! Emmenez-la !

— Mais où ? demandent-ils. Il n'y a pas de prison, ici.

Du haut d'un arbre, une cravate s'agite.

—Hé ! le morceau d'ourson s'échappe !

Le désordre est complet. Tous crient et courent ici et là, ne sachant s'ils doivent poursuivre le fugitif ou s'emparer de Miti.

—Attrapez-la ! s'énerve la toge.

—Lâchez-moi ! crie Miti.

—N'y touchez pas ! protestent les carreaux de la courtepointe

La toge frôle la crise de nerfs :

—Vite ! Vite ! Rattrapez-les ! crie-t-elle en se tordant les manches de désespoir.

Le carreau d'ourson, discret et rusé, se faufile dans la cohue et s'enfuit à toute vitesse. N'importe où. Droit devant lui.

Quand ils finissent par se calmer, les vêtements sont forcés d'admettre qu'il a disparu.

—Il s'est enfui ! Il est donc coupable ! juge la toge.

— Coupable ? s'exclame Domitille. Coupable de quoi ?

— De… de… trahison ! Parfaitement ! Pour entrer au pays des vieux vêtements, tu as forcément dû être aidée par ce carreau. Il a donc trahi le peuple des vieux vêtements et toi, tu as conspiré ! Enfermez-la !

« Mon vieil ourson, souhaite Domitille de tout son cœur, j'espère que tu es sain et sauf. Là où tu es, essaie de nous venir en aide. Tu es notre seule chance de nous en sortir. »

Loin de la ville, le carreau d'ourson s'arrête enfin, à bout de souffle. Les vieux vêtements ont sûrement perdu sa trace. Lentement, il retrouve ses forces.

Petit à petit, son attention est attirée par une odeur étrange.

Elle se rapproche de plus en plus jusqu'à devenir âcre. « Qu'est-ce que c'est ? » se demande-t-il.

Sans bruit, une armée de petites billes blanches ont encerclé le fugitif.

9

Pendant ce temps, au parc de laine, les vieux carreaux de la courtepointe prennent leur décision.

—Nous demandons la parole! exige fermement un carreau de flanelle vert et gris, provenant de la chemise du grand-père de Miti. Vas-y, grincheux; pour une fois, c'est le temps de te plaindre.

Le carreau vert criard s'avance aussitôt, l'air résolu. La toge essaie de le faire taire en lui ordonnant de ne parler qu'en temps et lieu, mais il réplique que, justement, c'est le temps ou jamais. Et comme il s'agit du sort des carreaux, il exige d'être entendu sur-le-champ.

—Écoutons-le ! Écoutons-le ! scande la foule.

La toge noire croise ses longues manches et s'y résigne. Elle ne sait pas encore à qui elle a affaire. Le carreau grincheux commence calmement sa plaidoirie. Il confirme que les carreaux ont demandé asile au pays des vieux vêtements et qu'ils l'ont obtenu. Tout cela est vrai. Mais il ajoute qu'après réflexion ils ont changé d'avis. Et comme ils n'ont pas encore été recousus à leur vêtement d'origine, ils ont décidé, « DÉCIDÉ », répète-t-il fermement, de retourner dans la courtepointe de Domitille.

—Ridicule ! l'interrompt la toge. Si vous l'avez quittée, c'est que vous aviez des raisons de le faire !

—Euh... toussote le carreau grincheux, il y avait bien une raison, en effet, mais c'était une raison manquante. Toutefois, cela ne tient plus. Cette fillette est venue jusqu'ici, elle a réussi à traverser la frontière et nous a retrouvés à ses risques et périls. Pourquoi a-t-elle fait tout ça ? Pourquoi ? insiste-t-il d'une voix solennelle. Parce que... elle nous aime, ajoute-t-il sincèrement avec un trémolo chargé d'émotion. C'était ça pour nous, la cinquième raison de retourner à sa courtepointe. Maintenant que nous sommes convaincus de l'amour de Miti, nous voulons respecter notre parole. Nous lui avions promis que si elle trouvait les cinq raisons, nous resterions avec elle.

Le carreau grincheux regarde affectueusement Miti pour la première fois. L'assemblée et les carreaux sur l'estrade se taisent, émus. La toge refuse de se laisser attendrir par les émotions et s'entête dans la logique :

—Eh bien, tant pis ! Vous n'aviez qu'à réfléchir à tout ça avant. Vous êtes ici, vous y resterez !

Soudain, un murmure s'élève de la foule, qui s'agite et laisse passer une délégation inattendue. Escorté par une armée de boules à mites, le carreau de peluche d'ourson s'avance jusqu'à l'estrade. « Nous sommes perdus, comprend Domitille, atterrée. Qui donc pourrait nous aider maintenant ? »

—Que faites-vous ici ? s'écrie la toge, surprise.

—Nous faisons notre travail, répond la boule à mites en chef. Le morceau d'ourson que voici nous a informées du grand danger qui menace le peuple des vieux vêtements.

—Ah oui ? interroge la toge, sceptique. Et quel est donc ce grand danger ?

—Le pyjama fleuri de cette petite fille et les vieux carreaux que vous avez accueillis... sont infestés de mites !

La terreur s'empare des vieux vêtements, semant une grande confusion.

—Chassez-les d'ici ! Au secours !

Miti n'y comprend rien. Qu'est-ce qui lui prend à ce morceau de peluche effronté d'oser dire que sa chemise de nuit est mitée ?

L'armée des boules à mites insiste. Les intrus doivent partir immédiatement, sinon, ils contamineront tout le pays. Quelques vêtements, malgré leur inquiétude, hésitent tout de même à laisser aller les carreaux et, surtout, à relâcher la prisonnière.

—C'est une ruse ! clame la toge. Ne les laissez pas filer !

—Comment ? s'écrie la boule à mites en chef. Qui doit veiller aux mites ? Vous ou nous ? Pour préserver la sécurité de ce pays, nous, l'armée des boules à mites, exigeons le départ de ces intrus.

—Jamais ! réplique la toge, blessée dans son orgueil.

—Tout de suite ! commande la chef des boules à mites. Détachez la fillette ! Qu'elle parte au plus vite avant qu'elle vous contamine tous !

C'est la panique. Les vieux vêtements courent en tous sens, partagés entre le désir d'échapper au danger possible et celui de garder les carreaux auprès d'eux. Le carreau de peluche d'ourson et le carreau grincheux ne perdent pas une seconde et détachent Domitille. Après un clin d'œil au morceau d'ourson, la boule à mites en chef feint de rugir de colère :

— Arrière, vilains porteurs de mites ! Allez-vous-en !

Domitille rassemble les carreaux de vieux tissu et ils s'enfuient tous ensemble.

— Arrêtez-les ! Arrêtez-les ! crie la toge. C'est une ruse ! Arrêtez-les ! C'est une ruse ! s'obstine-t-elle à répéter.

Un groupe de vieux vêtements finissent par lui obéir et partent à leur poursuite. Les fuyards se sauvent le plus vite qu'ils le peuvent. Les boules à mites roulent à toute vitesse et, avec une discipline parfaite, s'emploient à bloquer les poursuivants.

—Que faites vous ? rugit la toge. Enlevez-vous de là ! Vous nous empêchez d'avancer !

—Nous voulons seulement vous protéger des mites ! répondent les rusées petites billes en formant une barrière compacte qui ralentit de plus en plus les poursuivants.

Les fugitifs sont bientôt hors d'atteinte.

—Soyez sans crainte, les rassure le carreau d'ourson ; les boules à mites maintiendront leur barrage.

—Qu'est-ce qui te fait dire ça ? demande Domitille, stupéfaite.

— C'est très simple, répond-il avec un petit air mystérieux ; je leur ai demandé de le faire ! Nous pouvons prendre une pause, maintenant, la frontière est toute proche.

Les carreaux de tissu se laissent tomber sur le sol, épuisés. Miti, elle, se meurt de curiosité. Comment son compagnon de peluche a-t-il pu obtenir l'aide de l'armée des boules à mites ?

— Hum, hum... comment se fait-il que...

— Ah ! ah ! ah ! rit le morceau d'ourson, je devine bien ce que tu veux savoir, curieuse comme tu es.

— Alors, dis-le-moi si tu es si fin !

Le carreau de peluche explique alors, fier de lui et avec raison, qu'il a fait comprendre aux boules à mites qu'elles auraient encore plus de travail s'il y avait davantage de vêtements à protéger. Les boules à mites, habituées à dormir au fond des armoires et des coffres, sont un peu paresseuses. Elles ont préféré se débarrasser des intrus au plus vite pour ne pas voir accroître leur charge de travail.

Domitille et les carreaux de tissu se tordent de rire sur l'herbe de velours vert. Comme il fait bon rire après toutes ces émotions !

Cependant, la partie n'est pas encore gagnée. Il faut traverser la frontière et, à cet endroit, les boules à mites ne peuvent plus les aider.

10

«Comment sortir du pays? se demande Domitille à bout de ressources. Si j'ai réussi à y entrer, je pourrai certainement trouver le moyen d'en ressortir, se dit-elle, rassurée. Mais il n'est pas question de repartir sans les carreaux : c'est pour les ramener que je suis venue jusqu'ici! »

De toute façon, Miti serait incapable de retourner chez elle sans le carreau d'ourson. Avec quelle magie l'a-t-il amenée à la frontière du pays des vieux vêtements? Elle n'en a aucune idée. Quant à eux, les carreaux ne peuvent réussir seuls à quitter le pays où ils sont considérés comme fugitifs. Que leur arriverait-il s'ils y restaient ?

—Miti, s'inquiète le morceau d'ourson, as-tu trouvé un moyen de nous faire sortir d'ici ?

Après quelques instants, la fillette propose avec enthousiasme :

—Nous attendrons la nuit ! Quand les sentinelles dormiront…

—Je t'arrête tout de suite, dit le carreau de peluche, les vêtements ne dorment pas.

—Ah bon ? Trouvons autre chose. Je pourrais distraire les salopettes et…

—Elles se méfient de toi. Elles seront prudentes.

Domitille se creuse les méninges. Une chose est sûre : elle veut sortir du pays des vieux vêtements et ses amis aussi. Soudain, un grand sourire illumine le visage de la fillette. Elle chuchote son plan à son fidèle compagnon, qui le trouve trop simple. Les autres carreaux de tissu, inquiets, se rapprochent d'eux. Miti leur propose son plan en détail. Le morceau d'ourson n'y croit toujours pas.

—Ça ne marchera pas, s'entête-t-il, inquiet; c'est trop simple.

—Justement. Les sentinelles s'attendront à des ruses compliquées; elles ne penseront jamais à ça. Mais vous, les carreaux, avez-vous autre chose à suggérer?

Ils conviennent que non et, ne trouvant pas mieux, ils acceptent. De toute façon, ils n'ont rien à perdre et tout à gagner. Cela leur demandera des efforts; certains carreaux devront même en fournir beaucoup plus que d'autres, trop fragiles ou affaiblis. Mais qu'importe. Déjà les carreaux de denim et du veston bourgogne se portent volontaires.

Toute la bande se cache dans le creux d'un vallon. La petite fille s'assoit dans l'herbe de velours. Maintenant, c'est à eux d'agir. Les carreaux se démènent, se donnent des ordres, se contredisent, s'agitent, changent de place avec d'autres. Domitille les observe attentivement, leur suggère des idées et les encourage pendant que le morceau d'ourson surveille les alentours.

—Pressons-nous! répète-t-il pour la dixième fois.

—À toi, maintenant, dit enfin Miti. Tu es le dernier.

Puis, la fillette se redresse. Seule. Sans un regard en arrière, sans regret, elle s'avance vers la frontière la tête haute. Dès que les salopettes l'aperçoivent, elles se raidissent de colère.

—Encore toi?

—Bonjour. Vous allez bien?

—N'essaie pas de nous amadouer. Tu ne réussiras pas ton truc deux fois.

—Excusez-moi; je voulais tellement entrer dans votre pays. Mais vous serez contentes : je m'en vais.

—Toute seule? dit la première sentinelle, étonnée.

—Allez, nous connaissons ta mission. Et les carreaux de ta courtepointe? Où sont-ils? se méfie la deuxième.

—Eh bien... ils ont réglé leur problème eux-mêmes, répond Miti en continuant sa route.

—Il me semble que tu as quelque chose de changé, insiste l'une des salopettes, intriguée.

—Je suis la même pourtant, s'amuse Domitille, qui a beaucoup de mal à garder son sérieux. Allez, au revoir, je vous quitte.

Tout en parlant sans arrêt pour détourner leur attention, elle est passée résolument entre les deux sentinelles et elle retraverse la frontière avant qu'elles aient le temps de réagir. Puis, elle se met à courir, à rire et à danser. Perplexes, les salopettes la regardent s'en aller vers l'horizon.

—Pourquoi rit-elle? demande l'une.

—Je ne sais pas, répond l'autre.

Soudain, elles comprennent la ruse.

—Les carreaux!

—Là! Là! Ils s'en vont!

La fillette, maintenant hors d'atteinte, gambade de joie. Les carreaux de tissu ont traversé la frontière sous le nez des salopettes. Se tenant tous par les coins, les plus solides en haut et les plus fragiles en bas, ils recouvraient le pyjama de Domitille comme d'une armure.

Ils ont gagné !

Domitille reprend alors le morceau d'ourson dans sa main et hop ! la fillette et les carreaux tombent pêle-mêle sur le lit, où les attendait la courtepointe désertée.

11

—Enfin! s'écrie Miti en comptant et recomptant les carreaux de tissu. Vous êtes tous là! Je suis si contente!

—Nous aussi, avouent les rescapés. C'est une nouvelle vie qui commence pour nous. Pense aux histoires vraies que nous avons à te raconter!

—Et que nous allons tous apprendre les uns des autres! se réjouit le morceau d'ourson.

Dans un joyeux désordre, ils reprennent un à un leur place dans la courtepointe.

— C'est le plus bel anniversaire de ma vie, dit la fillette. Vous resterez toujours avec moi ?

Le morceau d'ourson, ému et fier, répond simplement :

— Nous serons ensemble aussi longtemps que nous nous aimerons.

La fillette, épuisée par la grande aventure de sa nuit d'anniversaire, se glisse enfin dans son lit et s'abrie jusqu'aux oreilles avec sa chère courtepointe. Puis, enfin prête à écouter, elle demande sans tarder à entendre la première histoire des carreaux.

Aussitôt ils commencent à se disputer cet honneur. Domitille, amusée et rassurée par ces voix désormais amies, ferme les yeux un instant et… tombe profondément endormie.

Quand, enfin, les carreaux s'entendent sur le choix du conteur, ils découvrent leur auditrice en plein sommeil. D'abord déçus, ils s'avouent soulagés, épuisés, eux aussi, par cette drôle de nuit.

Demain soir, demain soir seulement commencera la longue série d'histoires merveilleuses... Et si elles sont toutes aussi mouvementées, Miti n'a pas fini de passer de drôles de nuit !

De la même auteure

Jeunesse

Émilie, la baignoire à pattes, conte, Éditions Héritage, 1976.
   Prix du Conseil des Arts du Canada - 1976
   Prix de l'ASTED - 1977
      Nouvelle édition révisée, Québec Amérique Jeunesse,
      coll. Bilbo, 2002.

Le Chat de l'oratoire, roman, Éditions Fides, 1978. Réédité en
1983, traduit en anglais, 1983 et reproduit en braille, 1984.

Émilie, la baignoire à pattes, album, Éditions Héritage, 1978.

20 albums seize pages, Éditions Le Sablier/Graficor,
coll. Tic Tac Toc, 1978, 1979 et 1980.

La Révolte de la courtepointe, conte, Éditions Fides, 1979.
   Mention d'excellence de L'ACELF, 1978.
      Reproduction en braille, 1983.
      Nouvelle édition révisée, Québec Amérique Jeunesse,
      sous le titre *Drôle de nuit pour Miti*, coll. Bilbo, 2004.

La Maison tête de pioche, conte, Éditions Héritage, 1979.

Une boîte magique très embêtante, théâtre pour enfants,
Éditions Leméac, 1981.

La Dépression de l'ordinateur, roman de science-fiction pour
adolescents, Éditions Fides, 1981, traduit en anglais, 1984.

La Grande Question de Tomatelle, conte, Éditions Leméac, 1982.

Comment on fait un livre ? documentaire pour la jeunesse,
Éditions du Méridien, 1983.

Bach et Bottine, roman, coll. Contes pour tous # 3, Québec
Amérique Jeunesse, 1986. Traduit en anglais et en chinois.

20 textes de lecture dans *Trivol, Trifouine, Trimousse*,
Éditions Graficor, coll. Trioh, 1988.

30 textes de lecture dans *En tête 2*, ERPI, 1992.

Le Petit Violon muet, album avec cassette ou D.C.,
Le Groupe de divertissement Madacy, 1997.

20 textes de lecture dans *Théo et Raphaëlle*,
manuels C et D, ERPI, 2000.

Adulte

Un homme comme tant d'autres,
> Tome 1 : *Charles*, roman, Libre Expression, 1992 ;
> collection Zénith, Libre Expression, 2002.
> Tome 2 : *Monsieur Manseau*, roman, Libre Expression,
> 1993 ; collection Zénith, Libre Expression, 2002.
> Tome 3 : *Charles Manseau*, roman, Libre Expression, 1994 ;
> collection Zénith, Libre Expression, 2002.
> **La trilogie a mérité le Prix Germaine-Guévremont 1995,
> volet Littérature, Gala des Arts du Bas-Richelieu.**

La Quête de Kurweena, conte philosophique, Libre Expression,
1997.

Héritiers de l'éternité, essai, Libre Expression, 1998.

Les Funambules d'un temps nouveau, roman, Libre Expression,
2001.
> **Grand Prix du livre de la Montérégie 2002, catégorie
> Roman - Prix Alire.** Réédition, *Les Chemins d'Ève*,
> tome 1, Libre Expression, 2002.

Les Chemins d'Ève, tome 2, roman, Libre Expression, 2002.
> **Grand Prix du livre de la Montérégie 2003, catégorie
> Roman.**

MEMBRE DE SCABRINI MEDIA

Québec, Canada
2004